정진우, 정아윤에게

정충화 식물시집

꽃이 부르는 기억

달아실 기획시집
14

달아실

일러두기

1. 이 시집에 소개된 식물은 80종이며 대략 꽃이 피는 순서에 따라 배열하였음.

2. 이 시집에 소개된 식물의 국명은 국가표준식물목록(국립수목원, 2017)과 국가생물종 지식정보시스템(국립수목원, www.nature.go.kr)의 추천명을 따랐음.

3. 사진 아래에 붙인 식물 기재문은 국가생물종지식정보시스템(국립수목원, www. nature.go.kr) 수록 자료를 참고하였고 저자의 관찰 기록을 보탠 방식으로 작성하였음.

4. 식물 기재문에는 시를 이해하는 데 필요한 부분을 제외하고 되도록 식용, 약용 및 별 도 용도에 관한 내용을 배제하였음.

5. 기재문에 적은 식물 용어는 되도록 우리말로 고쳤으며 일부 용어는 한자 의미를 살리 고자 띄어쓰기 규칙을 따르지 않았음.

6. 본문에서 하단의 >는 '단락 공백 기호'로 다음 쪽에서 한 연이 새로 시작한다는 표시 임.

7. 보조 용언과 합성 명사의 띄어쓰기 등 본문의 맞춤법은 시인의 의도에 따른 것임.

탄생과 소멸을 반복하는
식물의 한살이를
수십 년이나 보아왔지만
그 과정은 늘 새롭고 경이롭다
한갓 인간으로서는
감히 헤아릴 수조차 없는
자연의 신비를 곁눈질하느라
내 봄날은 짧기만 하다

올해도 벌써 꽃이 한 순배 돌아
어느덧 봄의 서막은 끝나고
신록과 폭양 아래서 여름꽃들이 펼칠 제2악장을
설렘 속에 기다리고 있다
그리고 경배의 마음을 그득 담아
내 일생의 벗이자 스승인
뭇 풀과 나무에게
이 보잘것없는 시집을 바친다

2021년 5월 충주 적소에서
정충화

차례

꽃이 부르는 기억

1부

변산바람꽃

늙은
겨울의
뒷덜미에 꽂히는
신생의 창날

저만치

겨울을 밀쳐낸 자리에
구축되는
봄의 교두보

변산바람꽃

미나리아재비과 여러해살이풀이다. 중부 이남에 드물게 분포하는 풀로 숲 가장자리나 계곡 주변 양지바른 곳에서 자란다. 2월 중순~3월 초순경 가늘고 긴 꽃대 끝에 흰 꽃이 핀다. 부안 군 변산면 일대에서 처음 발견되어 이름 앞에 지명이 붙었으나 풍도, 경주, 제주, 울산지역에도 분포한다. 변산반도의 생태나 지리적 특성을 대표하는 깃대종이자, 환경부와 산림청에서 지 정한 기후변화 지표종에 해당하는 소중한 자원이다.

수선화

겨우내
작은 알뿌리 속에서
고성능 보일러를
돌리고 있었더냐

견고한 얼음 입자에 묶였던
흙의 암막을 찢고
가녀린 줄기 하나 밀어 올려
기어이 꽃을 피워내는구나

금잔에
설익은 봄 한 모금
따라 마시자꾸나

수선화

수선화과 여러해살이풀이다. 지중해 연안 원산 식물로 습한 곳을 좋아하며 둥근 땅속줄기를 통해 번식한다. 길고 가느다란 잎은 난초 잎과 비슷하다. 12월에서 이듬해 3월 사이 꽃이 핀다. 6장의 꽃잎은 흰색이며 가운데 술잔 모양의 덧꽃부리는 노란색이어서 금잔은대(金盞銀臺)라는 별칭이 있다. 다양한 꽃 모양과 꽃빛의 원예종이 많다. '수선(水仙)', 즉 '물에 사는 신선처럼 보이는 꽃이라는 의미를 담고 있다.

동백나무

겨울에야
이름값을 하는 나무다
번들거리는 나뭇잎 사이로
마알갛게 드러나는 정념

난대暖帶의 서사를 수록한
꽃봉오리는
처연히 붉었다가 짧게 절명한다

그 비사를
하나하나 다 받아 적느라
동박새의 날갯짓은
멈출 틈이 없다

동백나무

차나무과 늘푸른넓은잎중간키나무다. 남부 해안 지방에 분포하는 나무로 타원 모양 잎은 두
껍고 광택이 난다. 1~3월경 가지 끝이나 잎겨드랑이에서 지름 5~7cm가량의 붉은 꽃이 1개씩
피며 5~7장의 꽃잎이 포개진 형태다. 벌과 나비가 없는 계절에 피는 동백꽃은 동박새의 도움
을 받아 꽃가루받이를 하는 대표적인 조매화(鳥媒花)다. 열매로 짠 기름은 머릿기름으로 쓰기
도 했다. 지역에 따라 산다목, 산다화, 동박낭 등으로도 불린다.

경칩

능수버들용버들수양버들선버들개수양버들왕버들쪽버들진퍼리버들닥장버들여우버들호랑버들키버들분버들눈산버들육지꽃버들반짝버들섬버들쌍실버들콩버들강계버들내버들매자잎버들눈갯버들당버들참오글잎버들꽃버들떡버들개키버들긴잎여우버들난장이버들가는잎꽃버들양버들긴잎떡버들나도새양버들좀호랑버들큰산버들당키버들갯버들

올 경칩은
저것들로 완성되었다

갯버들

버드나무과 잎지는넓은잎큰키나무다. 전국에 분포하며 주로 냇가에서 살아가는 나무다. 암수 딴그루로 2~3월경 잎보다 먼저 꽃이 핀다. 냇가 얼음장이 녹을 무렵 피기 시작하는 꽃에는 보송보송한 은색 털이 뒤덮인다. 이를 버들강아지 또는 버들개지로 부르기도 한다. 강가, 즉 갯가에서 자란다 하여 '개의 버들'에서 유래한 이름이라고 한다. 깨알 같은 씨에 솜털이 달려 있어 바람에 날아가 번식한다.

비명悲鳴

경칩 절기에 이르자
피 사냥이 시작되었다
지난해의 자상刺傷이 겨우 아물고
수탈된 정기를 회복할 만하자
그들은 또다시 나무에 구멍을 뚫는다
자신들의 뼈에 이롭다고
나무의 뼈에 구멍을 내고
그 상처에서 흘러나온 피를
빼앗아 먹는다
짭짤한 오징어를 씹으며
뜨거운 온돌방에서 땀을 빼가며
약탈해간 진액을
아가리에 들이붓는다
삼월 하순 길 잃은 눈발에 갇혀
꽃소식은 더디고
난자당한 고로쇠나무의 비명만
귀에 쟁쟁하다

고로쇠나무

단풍나무과 잎지는넓은잎큰키나무다. 전국에 분포하며 나이 많은 나무는 껍질이 세로로 골이
져 갈라진다. 잎은 5-7갈래의 손바닥 모양으로 깊게 갈라진다. 5월에 햇가지 끝에 형성되는
원뿔모양꽃차례에 연한 황록색 꽃이 여러 송이씩 핀다. 열매는 단풍나무과 특유의 프로펠러
형태로 바람을 타고 빙글빙글 돌며 날아가 번식한다. 나무 이름은 뼈에 이롭다는 의미로 수액
을 '골리수(骨利樹)'라 불렀던 데서 유래한다.

복수초

저 작고 연약한 몸속에
잉걸불을
한 무더기씩 품고 있었다니

언 땅을 찢고
내리덮인 눈마저 녹이고서
끝내 타오르고 마는구나

제 몸에 지핀 불로
봄의 자궁을 여는
풀꽃의 거룩한 출산

복수초

미나리아재비과 여러해살이풀이다. 전국의 숲속에 분포하며 주로 경기 이북 지역에 많이 자생한다. 3월 초순부터 줄기 끝에 한 개씩 피는 꽃은 지름이 3~4㎝ 정도이며 빛깔은 진한 노란색이고 꽃잎은 10~30장에 달한다. 복수초는 한자로 복 福 자와 목숨 壽 자를 쓴다. 눈 속에서 꽃을 피울 정도로 생명력이 강한 데서 붙여진 것으로 보인다. 뿌리와 줄기에 함유된 독성은 동물들에게 뜯어먹히지 않으려는 생존 전략이다.

영춘화

콘트라베이스의 현이
경중거리듯
낮은 음색으로 열리는
도입부

도돌이표도 없이 반복되는
계절의 악장

비로소 시작되는
봄의 서사

영춘화

물푸레나무과 잎지는넓은잎작은키나무다. 축대 같은 곳에 걸쳐 자라며 개나리와 같은 집안이고 수형과 꽃빛이 비슷하여 혼동하기 쉽다. 3월경 묵은 가지의 잎겨드랑이에서 잎보다 먼저 노란 통꽃이 핀다. 개나리는 꽃부리가 네 갈래인데 영춘화는 대부분 여섯 갈래로 갈라져 쉽게 구분이 된다. 영춘화(迎春花), 한자 그대로 풀면 '봄을 맞이하는 꽃'이라는 의미인 셈이다. 일찍 꽃이 피는 데서 붙여진 이름으로 보인다.

성찬盛饌
— 꽃다지

논둑마다 푸짐하게 차려진
봄 한 상

아지랑이가 수저를 드는

꽃다지

십자화과 두해살이풀이다. 전년 가을 돋은 싹이 땅에 방석처럼 붙어 겨울을 난 뒤 이듬해 봄 잎과 꽃을 피운 뒤 씨앗을 남기고 소멸한다. 전국의 논밭에서 흔히 볼 수 있는 풀로 한 뼘 정도 자라며 풀 전체에 털이 있다. 이른 봄에 피는 노란색 꽃은 줄기 끝에 송이꽃차례로 달리며 꽃 잎은 네 조각으로 갈라진다. 어린 순은 나물이나 국을 끓여 먹기도 한다. 이름은 꽃이 다닥다 닥 붙어 핀다 해서 붙은 것으로 보인다.

동강할미꽃

어느 곳에나 동쪽은 있겠으나
읍의 동쪽을 흐르는 강이라 하여
그리 불린다는 동강東江

강원도 정선과 영월
산굽이 물굽이를 에돌아 흐르는
구절양장 같은 강

거센 물살 휘감기는 강변
가파른 석회암벽 곳곳에
올해도 보랏빛 꽃이 피었다

억겁 세월 풍상에 깎여
흙 한 줌 없는 돌 틈에서 돋아나
봄을 다독거리는 성자더라

동강할미꽃

미나리아재비과 여러해살이풀이다. 강원도 영월, 정선, 삼척 일대 석회암 주변에서 자생하는 풀로 희귀 식물이자 한국 특산 식물이기도 하다. 3월 중하순경 연분홍이나 붉은 자주색 또는 청보라색 꽃이 처음에는 위를 향해 피다가 꽃자루가 길어지면서 옆을 향한다(할미꽃은 대부분 꽃이 땅을 향한다) 꽃덮이는 6장이고 표면에 털이 빼곡하다. 영월읍 동쪽을 흐르는 강인 동강(東江) 일대에서 처음 발견되어 붙여진 이름이다.

꽃소식

추사고택 앞마당에
매화가 벙글었다는 소식이 들렸다
한달음에 달려가 알현하였다

때마침
분분이 날리던 눈송이들이
매실나무 그늘 속으로 뛰어들어
흐리게 핀 꽃의
낯빛을 밝혀주고 있었다

사흘이 다 가도록
코끝에 걸린 매향이
이월 된추위를 녹여주고 있다

매실나무

장미과 잎지는넓은잎큰키나무다. 유실수 또는 관상수로 많이 심는다. 3월 하순경 잎보다 먼저
피는 꽃은 묵은가지 잎겨드랑이에서 달리며 꽃빛은 흰색 또는 연분홍색이고 은은한 향기가
난다. 신맛이 강한 열매는 덜 익은 상태에서 수확해 매실액이나 매실주, 장아찌를 담는 데 이
용한다. 사군자 중 첫손에 꼽히며 선비의 지조와 절개의 상징으로 여긴 매화는 이 매실나무의
꽃이다. 전남 광양의 매화축제가 유명하다.

노루귀

땅거죽만 겨우 녹은
산비탈 낙엽수림 아래

양수羊水도 채 마르지 않은
귀때기 몇 낱
비껴든 볕을 쬐며
보송한 솜털을 말리고 있다

바람이 핥다가
자지러지는 삼월
한낮

노루귀

미나리아재비과 여러해살이풀이다. 원산지가 우리나라인 풀로 전국적으로 분포하며 높이 10cm가량 자란다. 3~4월 잎이 나오기 전 가느다란 꽃대 끝에 한 개의 꽃이 하늘을 향해 핀다. 꽃빛은 흰색, 연분홍색, 보라색이 있으며 긴 꽃대에 흰 털이 빼곡히 나 있다. 환경 적응 능력이 뛰어나 자생지마다 꽃빛이 조금씩 다르다. 이름은 말린 잎 모양과 뒷면에 돋은 털 모습이 노루의 귀를 닮았다 해서 붙여진 것으로 전해진다.

회양목

때가 일러
나무마다 꽃눈도 열리지 않는 철엔
작고 보잘것없는 꽃으로도
봄의 엉덩이가 들썩거린다

춘설도 채 녹지 않은
화단 둘레에 경계를 두른
회양목 작은 꽃송이들이
황록색 아지랑이를 풀어놓는다

어느 사이 겨울잠에서 깼는지
꽃 틈바구니를 헤집고 다니는
꿀벌의 분주한 날갯짓에
설익은 봄이 풀석거린다

회양목

회양목과 늘푸른넓은잎작은키나무다. 마주나기로 달리는 타원 모양 잎은 두껍고 가장자리가
매끈하며 뒷면에 미세한 털이 나 있다. 3~4월경 잎겨드랑이에서 자잘한 황록색 꽃이 핀다. 사
철 잎이 푸른 데다 수형 조절이 자유로워 화단 경계수로 많이 심는다. 유독 석회암 지대에서
잘 자라는 회양목은 생육이 더딘 반면, 목질이 치밀해 도장(이 때문에 도장목으로도 불림), 주
판, 참빗 등을 만드는 소재로 이용된다.

제비꽃

삼월 초입

마른 풀잎 사이를 헤집고
보라색 망토를 열어
차곡차곡
대지에
봄볕을 쟁이는

봄의 척후병

제비꽃

제비꽃과 여러해살이풀이다. 전국에서 흔하게 볼 수 있는 풀이다. 3~4월 잎 사이에서 나오는 가늘고 긴 꽃대 끝에 보라색 또는 짙은 자주색 꽃이 한 송이씩 핀다. 꽃잎은 5개이고 입술 모양 꽃부리엔 자색 줄이 있으며 꽃잎 뒤쪽에 꽃뿔(거, 距)이 달린다. 제비가 돌아올 무렵 꽃이 핀다 해서, 또는 꽃 모양이 제비를 닮았대서 이름붙었다는 설이 있으며, 오랑캐가 쳐들어올 무렵 피었다 하여 '오랑캐꽃'으로도 불린다.

현호색

천 개의 손,
천 개의 눈은
아무 쓸모도 없다

내게는 그저
입을 다오

바람의 경전을 암송할
바람의 문장을 대독할
천 개의 입을
다오

현호색

현호색과 여러해살이풀이다. 전국에서 비교적 흔하게 볼 수 있는 풀로 약간 습한 지역에서 잘 자란다. 3~4월 원줄기 끝에서 연한 홍자색 꽃이 송이꽃차례로 달리며 관상 가치가 뛰어나다. 현호색은 변이가 무척 심해 전 세계에 300여 종이나 분포하는 것으로 알려졌다. 국내에도 애 기현호색, 왜현호색, 점현호색, 댓잎현호색, 들현호색, 섬현호색 등 현재까지 분류된 종만도 삼십여 종에 이른다.

순환

구례 산동
마을과 산비탈을 노랗게 물들이던
산수유꽃이 지고 있다
그러나 꽃이 진다고
아쉬워하진 마시라

눈에 보이던 꽃은 그저
순환의 한 연결 고리로
잠시 머물던 것이었느니

그 꽃이 지고 나야 비로소
열매가 맺고
그 열매가 자손을 낳고
또 다른 꽃들로 피어나느니

선대의 어른들이 먼저 피고 진 덕에
지금 내가
잠시 피어 있듯

산수유

층층나무과 잎지는넓은잎중간키나무다. 높이 7m가량 자라며 연한 갈색을 띠는 나무껍질이 지저분하게 벗겨진다. 3~4월경 가지에 달리는 꽃대 끝 둥근 형태의 꽃차례에 20~30개의 작은 노란색 꽃이 다닥다닥 달린다. 열매는 길쭉한 타원 모양이며 가을에 붉게 익는다. 유실수나 조경수로 심으며 꽃과 열매가 아름다워 가정의 뜰이나 공원 등에 정원수로도 많이 심는다. 구례, 이천, 양평 등지에서 매년 산수유축제가 열린다.

얼레지

운주 화암사로 오르는 외길
협곡 산비탈에서
발레 공연이 시작되었다

계곡의 살을 스치는 골바람에
일제히 아라베스크 동작을 펼치는
발레리나들의 군무

능선에 걸터앉은 볕이
고갯마루를 넘어갈 생각도 않고
연신 환호성을 내지르고 있다

얼레지

백합과 여러해살이풀이다. 중북부 깊은 산 낙엽수림 아래에서 자라는 풀로 높이는 25cm가량
이다. 땅에서 나오는 잎은 좁은 달걀 모양 또는 긴 타원 모양이며 두껍고 녹색 표면에 자주색
얼룩무늬가 있다. 3~4월 두 장의 잎 사이에서 꽃대가 나오고 끝에 한 개의 자주색 꽃이 아래
를 향해 핀다. 뒤로 활짝 젖혀진 6장의 꽃잎 안쪽에 짙은 W자형 무늬가 있다. 이름은 잎의 얼
룩 때문에 '어루러기'에서 유래했다는 설이 있다.

목련

채 온기도 퍼지지 않은
사월 하늘에
점점이 펼쳐진 흰 꽃무리

매운바람이 스적일 때마다
코발트색 하늘에 물무늬가 번진다

떼 지어 창공을 휘젓는
작은 연꽃들의 부유浮遊

오!
옴마니반메훔

목련

목련과 잎지는넓은잎큰키나무다. 전국에 분포하며 3~4월 잎이 나오기 전 흰 꽃이 핀다. 백목
련은 봉오리가 소담하고 꽃빛이 유백색에 가깝지만, 목련은 꽃잎이 활짝 젖혀지고 순백색에
가깝다. 목련은 연꽃처럼 생긴 꽃이 나무에 피는 데서 연유한 이름이다. 꽃봉오리가 붓 모양을
닮았다 하여 '木筆花, 꽃봉오리 아랫부분이 볕을 받아 반대쪽으로 세포 분열이 빨리 이뤄져 대
개 북쪽을 향하므로 '北向花로도 불린다.

개나리

그늘 한 뼘 드리워주지 못하고
맛난 열매가 달리는 것도 아니고
잎이 아름답게 물들지도 않고
줄기는 가늘어 목재로도 쓸 수 없으니
도대체 쓸 만한 구석이라곤 없는
나무로다

하지만, 다 괜찮다

봄 한철
샛노란 꽃빛을 풀어
골목과 도로와
산비탈을 밝혀주는 것만으로도
네 존재 가치는 차고 넘치나니

개나리

물푸레나무과 잎지는넓은잎작은키나무다. 한국 특산 식물로 전국에서 흔히 볼 수 있는 나무다. 높이 3m까지 자라며 줄기는 아래에서 여러 대로 갈라진다. 달걀꼴 피침 모양의 잎 표면에 윤채가 난다. 3~4월 잎겨드랑이마다 1~3개씩 피는 밝은 노란색 꽃은 봄꽃의 대명사로 꼽힌다. 꺾꽂이로도 쉽게 번식하며 추위와 공해에 강하고 토양도 가리지 않아 도로변이나 가정집 울타리, 정원수, 경계수 등으로 많이 심는다.

봄맞이

입춘 절기를 넘지 않고
봄에 이를 수 없듯
내가 아니고서 불러들일 봄은
어디에고 없다

흰무리 한 움큼씩 흩뿌리고
내가 맞아들이지 않고서는

봄맞이

앵초과 한두해살이풀이다. 길가나 논둑, 밭둑 등 사람 가까운 곳에서 흔히 볼 수 있는 풀이다.
3~4월 가늘고 긴 꽃줄기 끝에서 작고 흰 꽃이 우산모양꽃차례로 다닥다닥 달린다. 다섯 장의
꽃잎이 각이 없는 별 모양을 띠며 꽃부리가 깊게 갈라졌다. 별 모양 꽃받침에 달리는 둥근 열
매는 무게 때문에 아래로 향한다. 산수유, 개나리, 진달래 등 화사한 봄꽃과 달리 소박하지만
이름으로는 혼자 봄을 다 맞는 듯한 꽃이다.

꽃무덤

백목련 밑동 주변에
꽃무덤이 돋았다

간밤 내린 비에
떨어진 꽃이파리들이
나무 몸피만 한
봉분을 이뤘다

어미나무의 발등을 덮고서
봄의 아랫목을 데우는
꽃들의 산화散花

백목련

목련과 잎지는넓은잎큰키나무다. 원산지가 중국으로 전국 어디서나 흔하게 볼 수 있는 나무다. 3~4월경 잎이 나오기 전 가지 끝에서 작은 연꽃 모양의 탐스러운 유백색 꽃이 하늘을 향해 주렁주렁 달린다. 목련의 꽃빛은 순백색에 가깝고 크기가 조금 작으며 대개 활짝 젖혀지나 백목련은 유백색에 가깝고 꽃봉오리가 연꽃처럼 오므린 형태를 유지한다. 백목련(白木蓮)을 목련(木蓮)으로 알고 있는 사람이 의외로 많다.

2부

냉잇국을 끓이는 저녁

닷새마다 서는 충주 장날
난전 한구석에서 냉이를 캤다
덜 여문 봄 두 봉다리를 사 들고 왔다
한 끼 분량을 헐어
된장을 풀고 국을 끓이자
좁은 자취방에 푸른 향내가 남실거렸다
남은 냉이는 비닐째 둘둘 말아
냉동칸으로 밀어넣었다
흙을 벗은 말간 뿌리들 위로
순식간에 얼음꽃이 번졌다

고작 두 해를 사는 것들이
언 땅을 붙들고서
오체투지로 겨우겨우 겨울을 넘었는데
내 입에 봄이나 들이자고
그것들을 다시
겨울 속으로 묻고 말았구나

냉잇국 한 사발로
지펴지던 봄이
멀찍이 돌아앉아 버린 저녁이었다

냉이

십자화과 두해살이풀이다. 전국의 들이나 밭에서 흔히 볼 수 있는 풀로 높이 10~50cm가량 자라며 대개 줄기 윗부분에서 가지가 갈라진다. 3~4월경 원줄기 끝에서 십자 모양의 흰 꽃이 다닥다닥 모여 핀다. 열매는 편평한 거꿀삼각 모양이며 속에 거꿀달걀 모양의 종자가 들어 있다. 초봄 지면에 납작 엎드린 방석 모양(로제트)의 냉이를 뿌리까지 캐 국을 끓여 먹거나 나물 또는 무침으로 먹는 대표적인 봄나물 소재다

조춘早春

이웃 담장에 어깨를 기댄 채
겨우내
자라목을 하고 있던 자목련이
연신 눈두덩을 씰룩거린다

삼월 상순께나
바쳐질 공양미가 벌써 준비되었던가

한철 장님으로 살던
저 야리야리한 나무가
눈을 치뜨려고
꽃봉오리를 움찔거리고 있다

이월 허리도 넘기
전에

자목련

목련과 잎지는넓은잎큰키나무다. 원산지가 중국이며 수형, 형태 면에서는 목련, 백목련과 비슷하지만 크기가 다소 작은 편이다. 높이 15m까지 자라며 추위에 다소 약해 윗지방에서는 생육이 그리 좋지 않다. 4월경 잎보다 먼저 꽃이 피며 꽃빛은 짙은 자주색을 띤다. 피침 모양 또는 긴 타원 모양의 꽃잎 6장으로 구성되며 안쪽도 연한 자주색을 띤다. 꽃이 아름다워 도심 공원 등에 많이 심는 편이다.

헛이름

봄까치꽃,
입에 사근사근 감기고
귀에 부드럽게 꽂힌다만
누군가 일부러 덧씌운 이름
내 입에는 안 올리련다

민망하다고 남우세스럽다고
제 이름 두고 달리 부른들
족보에 떡하니 올라 있는
큰개불알풀 본이름이
바뀔 수는 없는 노릇이다

싫든 좋든 이미 붙여진 이름
그냥 제 이름대로
제 살아온 대로 살게 내버려두자
공연히 헛이름 씌워
이러쿵저러쿵 시비할 일 아니다

큰개불알풀

현삼과 두해살이풀이다. 양지바른 길가 풀밭에서 흔히 보이는 풀로 전체에 부드러운 털이 있으며 밑부분이 옆으로 자라거나 비스듬히 가지가 갈라진다. 아랫부분 잎은 마주나나 윗부분에서는 어긋나며 전체적으로 둥근 형태를 유지한다. 4월경 잎겨드랑이에서 청자색 꽃이 한 개씩 달리며 꽃부리는 4개로 깊게 갈라진다. 콩팥 모양 열매 생김이 개의 불알을 닮았다 하여 얻은 이름이다. 개불알풀은 꽃 크기가 작다.

진달래

사월

봄 드는
산이란 산은
몽땅 불지르는

상습 방화범

진달래

진달래과 잎지는넓은잎작은키나무다. 전국의 산에 분포하며 나무 높이는 2~3m이다. 잎은 긴
타원 모양이며 표면에 비늘조각이 약간 있고 뒷면에 털이 달린다. 4월 초순 잎보다 먼저 피는
꽃은 연한 홍색 또는 진한 홍색을 띤다. 꽃잎으로는 화전을 부쳐 먹거나 술(두견주)을 담가 먹
기도 하는데 맛과 향이 그윽하다. 독성이 있는 산철쭉꽃과 혼동하기 쉬운데 산철쭉은 잎과 꽃
이 함께 피는 것으로 구분된다.

우수雨水

사월 중순
충청도 어느 땅에는
눈발이 날려 길을 덮었다는데
내 집 골목에는
진종일 꽃비가 내렸다

도로변 자동차마다
꽃이불을 뒤집어썼고
벗나무 아래
노점 좌판 감자 바구니에도
벚꽃이 아로새겨졌다

소공원의 진달래가
젖은 얼굴이 무거웠던지
종일
고개를 수그리고 있다

벚나무

장미과 잎지는넓은잎큰키나무다. 높이 10~20m까지 자라며 나무껍질은 암갈색이고 옆으로 벗겨진다. 어긋나기로 달리는 잎은 달걀꼴이고 가장자리에 잔톱니 또는 겹톱니가 있다. 4월 초순경 연한 붉은색 또는 흰색 꽃이 나무 전체에 빼곡히 핀다. '버찌라 불리는 둥근 열매는 6~7월경 검붉게 익으며 먹을 수 있다. 전국의 도로변에 가로수로 많이 심어져 꽃이 필 무렵엔 길가마다 벚꽃터널로 장관을 이룬다.

달래

충주 오일장에서
달래를 사다가
달래장을 만들었다

봄 한 그릇을
쓱쓱 비벼
저녁밥으로 먹었다

달래

백합과 여러해살이풀이다. 전국에 분포하는 풀로 높이 5~12cm까지 자란다. 땅속 비늘줄기는 흰색으로 넓은 달걀 모양이며 껍질이 두껍다. 잎은 기다란 선 모양이며 1~2개가 올라온다. 4 월경 짧은 꽃대 끝에 1~2개의 꽃이 달리며 빛깔은 흰색 또는 붉은색이 돈다. 꽃이 진 뒤 달리는 열매에서 까만 씨가 익는다. 비늘줄기와 지상부 전체를 식용할 수 있다. 제철에 나는 달래는 향긋해 달래장이나 된장국 소재로 좋다.

사월

수면을 미끄러지듯 떠다니는
오리들의 평온한 유영은
물살을 그러모으는
물밑 분주한 발놀림에서 비롯된다

겨우내 땅속 발전소에서
쉼 없이 모터가 돌아간 덕에
산과 들에 다시 피가 돌고
푸나무의 연대기 한쪽이 새로 쓰여진다

오늘은 바람도 없는데
없는 바람을 흔들어
자두나무 꽃송이들이
분분히 지고 있다

자두나무

장미과 잎지는넓은잎큰키나무다. 유실수로 많이 심는 나무다. 최대 10m까지 자라며 나무껍질
은 흑갈색으로 불규칙하게 갈라진다. 잎은 타원 모양의 긴 달걀꼴이고 가장자리에 둔한 톱니
가 있다. 4월에 잎보다 먼저 피는 꽃은 대부분 3개씩 달리며 꽃빛은 희고 달콤한 향내가 난다.
열매는 공 모양으로 6월경 노란색 또는 자주색으로 익으며 맛이 좋다. 이름은 붉은 복숭아, 즉
'자도(紫桃)'에서 유래했다.

철쭉

진달래가 한 차례
헤집고 간 숲 그늘
큰키나무 틈바구니에서
철쭉꽃 피었다

열여덟 처자처럼
해사한 얼굴에 엷은 미소를 띤 채
마른 계곡에 연신 봄을
지피는 중이다

된소리로
꼬리 사린 나무 이름도
사근사근 입에 감기는
철이다

철쭉

진달래과 잎지는넓은잎작은키나무다. 전국의 산에서 흔히 볼 수 있다. 꽃 피기 전 또는 필 때 함께 돋는 5장의 잎은 가지 끝에서 돌려나기로 달리며 거꿀달걀 모양이다. 4월 말~6월 초 잎과 함께 피는 꽃은 연한 붉은색으로 향기가 있으며 깔때기 모양이고 윗부분 꽃잎엔 적갈색 반점이 있다. 많은 사람이 철쭉으로 알고 있는 식물은 사실 산철쭉이다. 산철쭉은 연한 홍자색 꽃이 피며 잎 끝이 뾰족하다.

※ 꽃에 독성이 있으므로 먹으면 안 된다.

헛수고

병꽃나무
기다란 꽃 주둥이에
외눈이지옥사촌나비 한 마리
들러붙어 있다
악착같이 붙어서
좁은 입술을 열어보려 애를 애를 쓰다가
포기하고선
사월 하늘을 폴짝 건너뛰어
또 다른 꽃에 내려앉는다

대가도 없이 꿀 얻기가
어디 그리 쉬운 일이겠는가

병꽃나무

인동과 잎지는넓은잎작은키나무다. 한국 특산 식물로 중부 이남 산록부에 분포하며 다른 작
은키나무와 어울려 자라거나 소규모 군락을 이룬다. 높이 2~3m가량 줄기를 뻗으며 생육력이
좋고 강건한 식물이라 어디서나 잘 자란다. 4월경 잎이 난 뒤 잎겨드랑이에 황록색 꽃이 몇 개
씩 핀다. 꽃은 길쭉한 깔때기 모양으로 대개 아래로 매달린다. 이름은 꽃잎이 열리기 직전 모
습이 병처럼 생긴 데서 유래한 것으로 보인다.

수수꽃다리

첫사랑 숨결과 체취가
저랬을라나
달콤하고
아찔한 꽃향기에
어질병이 인다

세포 하나하나를 풀어헤치는
고순도 향훈에
오월 초록마저 다
물크러진다

수수꽃다리

물푸레나무과 잎지는넓은잎작은키나무다. 중부 이북 산기슭 양지바른 석회암 지대에 자생하며 높이는 2~3m에 달한다. 잎은 하트 형태의 넓은 달걀 모양이고 마주난다. 4월경 묵은 가지 끝에서 형성되는 원뿔모양꽃차례에 지름 2cm가량의 연한 자주색 꽃이 다닥다닥 달리며 짙은 향기를 내뿜는다. 더위에 다소 약하지만 정원수로 훌륭하다. 이름은 꽃이 수수꽃처럼 피어 있다는 데서 유래한 것으로 알려졌다.

모란

이름이
헛되이 전해지는 건
아니로구나

앞섶마다
함지박만 한 꽃송이를
코르사주처럼 매단 채
봄볕을 죽죽 잡아늘이는
저 붉은 정열

과연
화중지왕이로다

모란

작약과 잎지는넓은잎작은키나무다. 중국 원산으로 높이는 2m에 달한다. 잎은 세 부분으로 나
뉘는 2회 깃모양겹잎이며 뒷면에 잔털이 나 있다. 4~5월경 새 가지 끝에 지름 15cm에 달하는
홍자색 꽃이 한 송이씩 피며 향은 없다. 모란은 동양적 정서가 강해 한옥이나 사찰 마당에 잘
어울린다. 흰색 또는 붉은색 꽃이 피는 작약은 개화 시기가 한 달가량 늦고 여러해살이풀이어
서 모란과는 생태적으로 확연히 다르다.

홀아비꽃대

주말을 집에서 보내고
돌아와 보니
숙소 뜰 앞 화단에
홀아비꽃대가 꽃 모가지를
쑥쑥 뽑아올리고 있다
저들도 나처럼 외로웠던지
한자리에 옹기종기 모여
키재기를 하고 있다

이틀 사이에 이곳은
홀아비판이 되어버렸다

홀아비꽃대

홀아비꽃대과 여러해살이풀이다. 숲속의 약간 습하고 부식질이 풍부한 곳에서 드물게 볼 수 있는 풀이다. 4~5월 꽃대를 감싸고 있던 잎이 열리며 흰색 이삭꽃차례가 위를 향해 곧게 달린다. 잎은 넉 장이 꽃대를 둥글게 에워싸듯 마주나기로 달리며 끝이 뾰족하고 가장자리에 예리한 톱니가 있으며 표면에 광택이 난다. 한 개의 꽃대에 꽃이 하나만 피기 때문에 이름자에 '홀아비'가 붙은 것으로 알려졌다.

재단사

느티나무 아래에서
갓 태어난 연녹색 이파리의
출생 기록을 살필 때였습니다
살갗이 스멀거리기에 보니
가느다란 자벌레 한 마리가
팔뚝에 길을 내고 있었습니다

작은 몸을 오므렸다 폈다
밀었다 당겼다를 반복하며
내 몸의 치수를 재고 있었습니다

저 뼘을 다 재고 나면
봄빛으로 짠
옷 한 벌 얻어 입게 생겼습니다

느티나무

느릅나무과 잎지는넓은잎큰키나무다. 전국에서 흔히 볼 수 있는 나무로 높이는 30여 미터에 달하며 나무껍질이 비늘처럼 떨어진다. 긴 타원 모양, 타원 모양 또는 달걀꼴 잎은 어긋나기로 달리며 단풍도 무척 아름답다. 4~5월 초 담황색 꽃이 피는데 수꽃은 새 가지 밑에 모여 달리고 암꽃은 새 가지 윗부분에 한 송이씩 달린다. 옛부터 마을 어귀에 성황목과 정자목으로 삼았으며 가로수로 가장 많이 심는 수종이다.

오월 종소리

큰 종은
무겁고 둔중한 소리를
멀리까지 얹어 보내고
작은 종은
가볍고 경쾌한 소리를
높게 흩뿌린다지

오늘은
더없이 작으면서도
더없이 맑고 투명한 음색을 빚는
은종소리에
귀를 베이고 말았다

오월 산록에 흩뿌려지는
청아한 은방울꽃 종소리에
오래도록 귀가 쟁쟁하다

은방울꽃

백합과 여러해살이풀이다. 전국에 분포하며 높이 20~35cm가량 자란다. 3월 하순 무렵 막질의 잎이 솟고 그 속에서 2개의 잎이 나와 서로 감싸며 원줄기가 된다. 5월경 잎 사이에서 가늘고 긴 꽃대가 올라오고 10여 개의 종 모양을 닮은 작은 흰 꽃들이 아래를 향해 달린다. 꽃잎 끝이 6갈래로 갈라져 살짝 뒤로 말려 더 앙증맞다. 둥근 열매는 꽃 진 자리에 하나씩 매달려 붉게 익는다.

※잎은 독성이 강하므로 먹어서는 안 된다.

유래由來

어릴 적
새순을 탐하다가
날카로운 가시에
검지를 찔린 적이 있다

통통한 순을 꺾으며 치른
짧은 통증 뒤
달큰한 맛의 기억을
작은 손가락에
핏방울로 새겨넣었다

오월이면
내 손끝에서
찔레꽃 냄새가
피어오르는 까닭이다

찔레꽃

장미과 잎지는넓은잎작은키나무다. 전국의 산 가장자리나 물가에서 쉬 볼 수 있다. 줄기는 높이 2m가량 자라며 가지에 가시가 촘촘히 달린다. 새로 돋는 연한 줄기를 꺾어 껍질을 벗겨 먹기도 했다. 5월에 줄기나 가지 끝에 흰 꽃이 원뿔모양꽃차례로 달리며 달콤한 향이 난다. 꽃이 아름답고 향기가 뛰어난 데다 키가 작아 생울타리용으로 심기에 좋다. 가을에 빨갛게 익는 열매는 염료재로 이용하기도 한다.

어느 동화

구슬아이스크림이라는 걸
한 번 사 먹은 적이 있습니다

지금은 식물원 명칭을 버렸다는
한때 고즈넉하던 어느 식물원에서
동행한 이들과 마주 앉아
색색의 작은 구슬을 나눠 먹으며
함박꽃처럼 벙글던 날이 있었습니다

일터 한 모퉁이
양산처럼 펼쳐진 꽃차례에서
찬란하게 빛나는 마가목 꽃망울들이
천만년이나 지난 듯한 동화 속
구슬아이스크림으로만 보입니다

봄날 아침이 영롱합니다

마가목

장미과 잎지는넓은잎작은키나무다. 울릉도와 강원 이남의 산 능선부에 분포하며 나무껍질은
황갈색을 띤다. 어긋나기로 달리는 잎은 깃모양겹잎이며 9~13개의 갈래잎은 피침 모양이고
가장자리에 길고 뾰족한 톱니가 있다. 5~6월경 지름 8~12cm가량의 커다란 겹편평꽃차례에
작은 흰 꽃이 다닥다닥 핀다. 열매는 9~10월 붉게 익는다. 봄에 돋는 새순이 말 이빨 같다 하여
한자명 '마아목(馬牙木)'에서 유래했다고 전해진다.

이팝나무

못자리의 모가
겨우 반 뼘 정도 자란
입하 무렵인데
주덕 읍내 가로수엔
흰 쌀밥이 그득하다

어느 들에 내갈 새참인지
줄기와 가지마다
이밥을 고봉으로 퍼 담았다

중천을 지나던 구름이
광주리 위에
밥상보를 덮는다

이팝나무

물푸레나무과 잎지는넓은잎큰키나무다. 높이 25m까지 자라며 나무껍질은 회갈색을 띤다.
5~6월 새 가지 끝에 꽃차례가 달리며 4장의 가늘고 긴 꽃잎이 총채처럼 다닥다닥 달려 나무
전체에 눈이 덮인 듯 아름답다. 만개한 꽃 모습이 '이밥(쌀밥)'처럼 보인다 하여, 또는 입하 무렵
핀다 하여 '입하나무'에서 유래했다는 설이 있다. 벚꽃보다 개화 기간이 길고 수형도 아름다워
최근 가로수, 공원수, 조경수로 많이 심는다.

지치

가느다란 풀의
푸른 이마를 걷자
미간 사이로 드러나는
희디흰 다섯 갈래 꽃잎

그 창백한 빛깔을 굽느라
땅속뿌리들은
날마다
하혈을 한다

지치

지치과 여러해살이풀이다. 산과 들의 풀밭에서 자라며 원줄기에서 가지가 갈라지고 식물체 전체에 털이 있다. 5-6월 줄기와 가지 끝에서 흰 꽃이 핀다. 땅속뿌리는 자주색을 띠며 상처가 나면 붉은 유액이 나온다. 지치는 주요 염료 식물로도 쓰인다. 명심보감 <교우> 편에 등장하는 '芝蘭之交'의 지란은 '芝草(지치)'와 '蘭草'를 지칭하며 이들 식물처럼 벗 사이의 맑고 향기로운 사귐을 가르치는 대목이라고 알려졌다.

봄날

한나절 산길을 걷고 온 뒤
내 후각 세포가 다 문드러졌다
들숨 따라 마신 꽃향기에 취한 코가
일상의 익숙한 냄새를
분간해내지 못하고 있다

아까시나무 꽃숭어리마다 내뿜는
아찔한 향기의 미립자들이
내 후각 수용체 유전자를
몽땅 마비시켜버렸다

괜찮다
이리 젖는 것도 한때이니

아까시나무

콩과 잎지는넓은잎큰키나무다. 북아메리카 원산으로 1900년 초 도입되어 산림녹화 및 토양
비옥도를 높이는 데 크게 기여한 나무다. 높이 25m까지 곧게 자란다. 홀수 깃모양겹잎으로 작
은잎은 9~19개가 달린다. 5~6월 새 가지 잎겨드랑이에서 유백색 꽃이 주렁주렁 달린다. 훌륭
한 밀원 식물로 우리나라 꿀의 70% 이상을 점유할 정도다. 아카시아로 많이 부르는데 호주
원산의 열대 식물인 아카시아는 엄연히 다른 나무다

불두화

선운사 앞뜰에
불두화가 흐드러지게 피었습니다

보살네들 발걸음이 분주한
오월 절 마당에서
수많은 부처가
푸른 이마를 빛내며
잘 익은 볕을 찬 삼아
공양 중이십니다

큰법당 안 부처님이
부러우셨는지
연신 엉덩이를 달싹거립니다

불두화

인동과 잎지는넓은잎작은키나무다. 같은 집안인 백당나무의 꽃 주변을 두르는 무성화를 통해
만들어낸 원예종으로 3m가량 자라며 전체적으로 덤불을 이룬다. 5~6월 짧은 가지 끝에 자잘
한 흰 꽃이 다닥다닥 붙어 공 모양을 이룬다. 무성화여서 꽃가루받이를 못하므로 벌과 나비가
찾아올 이유가 없고 당연히 열매도 맺지 못한다. 이름은 한자 의미 그대로 꽃 모양이 부처님
(佛)의 머리(頭) 모양을 닮았다는 데서 얻은 듯하다.

3부

붓꽃

오월 바람이
갈아놓은 청록을
붓에 듬뿍 적신다

이윽고
필세를 모아
일필휘지로 휘갈기는
행서체의 결구들
그 끝에서
난만하게 피어나는
봄의 자구字句들

중천에 걸린 볕이
꾸욱
낙관을 찍는다

붓꽃

붓꽃과 여러해살이풀이다. 높이 60cm가량 자라며 땅속뿌리줄기가 옆으로 뻗어 둥근 포기 형태를 이룬다. 잎은 선 모양으로 길고 곧게 뻗으며 끝이 뾰족하다. 5~6월 꽃줄기 끝에서 보라색 꽃이 2~3개씩 핀다. 꽃잎은 6장인데 바깥쪽 3장이 진짜 꽃잎이며 바탕에 얼룩덜룩한 무늬가 새겨져 있다. 꽃이 아름다워 관상용으로 많이 심는다. 이름은 꽃이 피기 직전의 꽃대 끝이 먹물을 머금은 붓 모양과 흡사한 데서 유래하였다

해당화

음색만으로
울음을 자아내는
악기가 있다지

빛깔 하나로
십 리 해안선에 홍조를 퍼뜨리는
꽃도 있더라

처연하도록 붉어서
메마른 가슴마다
모닥불이 옮겨 붙는

해당화

장미과 잎지는넓은잎작은키나무다. 주로 해안가나 모래사장에서 사는 나무로 높이는 1.5m 정도이며 줄기에 가시와 털이 많이 나 있다. 잎 표면에 주름이 많고 털이 빼곡하며 윤채가 있다. 5~7월 새 가지 끝에 진한 분홍색 꽃이 핀다. 열매는 광택이 나며 붉게 익는다. 꽃과 열매가 아름답고 생명력이 강하며 내륙에서도 잘 살아 울타리용으로 심기에 좋은 나무다. 해당화 꽃잎은 차로도 이용하는 것으로 알려졌다.

산딸나무

가로 획 하나
세로 획 하나
그리고 가운데 놓이는
온점 하나

오뉴월 녹음을 밀쳐내며
아로새겨지는
순백의 자획

난만하게 피어나는
저, 저
덧셈 부호들

산딸나무

층층나무과 잎지는넓은잎큰키나무다. 6월경 꽃이 피는데 가운데 공 모양 꽃차례에 작은 꽃이 다닥다닥 달린다. 가장자리에 달린 넉 장의 십자형 흰 받침잎은 꽃잎처럼 보여 벌과 나비를 유혹하려는 이 나무의 번식 전략이다. 9~10월경 꽃이 진 자리에 공처럼 생긴 열매가 달리며 붉게 익는다. 꽃과 열매가 아름다워 조경수로 많이 심는다. 이름은 산에서 자라는 나무에 딸기 모양의 열매가 달려서 얻은 것으로 보인다.

접시꽃 연서

가난한 내게서
무엇을 덜어내
그대를 대접하리오

가진 것이라곤
붉은 접시뿐이니

휑한 가슴 한쪽이나마 쥐어짜
거기 졸아붙은
마지막 사랑 한 덩이라도
담아드릴 밖에

접시꽃

아욱과 두해살이풀이다. 높이 2.5m까지 곧게 자라며 원줄기에는 털이 있다. 어긋나기로 달리는 잎은 잎자루가 길고 원 모양이며 가장자리가 5~7개로 얕게 갈라지고 톱니가 있다. 6월경 잎겨드랑이에서 짧은 꽃자루에 달린 꽃이 대개 중앙부에서 위로 올라가며 핀다. 홍색, 담홍색, 백자색 등 꽃빛이 다양하며 5장의 꽃잎이 서로 겹쳐진 종 모양이다. 이름은 접시 모양의 튀는 열매 때문에 붙여진 것으로 알려졌다.

다도해

울릉도에 들어와서
또 섬을 만난다
가파른 사면마다 점점이 흩뿌려진 섬
의 무리들

섬에 살면서
외로움을 앓아서인지
스스로 여린 어깨를
꼭꼭 끌어안고 있다

섬쑥부쟁이 섬나무딸기 섬초롱꽃 섬바다
섬괴불나무 섬쥐똥나무 섬현호색 섬남성

지천이 다도해다

섬초롱꽃

초롱꽃과 여러해살이풀이다. 원산지가 울릉도인 우리나라 고유종으로 높이 30~100cm 정도 자라며 줄기에 능선이 있고 약간 자줏빛이 도는 편이다. 6~7월경 줄기 위 잎겨드랑이에서 종 모양 꽃이 아래를 향해 달리며 꽃빛은 연한 자주색 바탕에 짙은 반점이 있다. 이름은 섬에 살 며 꽃 모양이 초롱을 닮은 데서 유래했다. 기본종인 초롱꽃은 흰색 또는 홍자색 바탕에 짙은 반점이 찍혀 있으며 잎 폭도 훨씬 좁고 길쭉하다.

능소화

야근 마친 가로등이
퇴근하는 아침이면
이웃 담장에
주홍빛 燈 내걸린다
순간, 좁은 골목이 붉게 채색된다

활활 정념을 태우느라
심지마저 졸아붙은 燈 몇 개는
송이째 땅에 떨어져 뒹굴고
꽃차례 아래 위에서
또 다른 燈이 불씨를 당긴다

정인의 소식 기다리느라
활짝 열어젖힌 귀들
사이에서
설익은 여름이 달궈지고 있다

능소화

능소화과 잎지는넓은잎 덩굴식물이다. 중부 이남의 양지바른 곳에서 잘 자라며 가지에 흡착근이 생겨 고사목이나 담장을 타고 줄기를 뻗는다. 6~8월경 가지 끝 원뿔모양꽃차례에 주황색 꽃이 다닥다닥 달린다. 꽃부리는 나팔 모양이고 끝이 다섯 갈래로 갈라져 약간 뒤로 말린다. 꽃이 아름다워 관상용으로 많이 심는다.

※ 꽃가루에 미세한 갈고리 같은 입자가 있어 눈에 들어가면 안질을 유발할 수 있다.

수련睡蓮

물 위에 뜬
집 한 채
요요히 앉았다

오후의 볕이
나른히 졸다가
꽃마저
재우고 간다

수련

수련과 여러해살이풀이다. 대표적인 수생 식물 중 하나로 연못 바닥 진흙 속에 뿌리를 박고 줄기를 뻗어 수면에 잎과 꽃을 틔운다. 잎은 두껍고 광택이 나며 수면에 펼쳐진 형태로 윗면은 진한 녹색이나 물에 닿는 부분은 암자색을 띤다. 6~8월 흰색 꽃이 수면에 뜬 채 피며 다양한 빛깔의 원예종도 있다. 물에 산다고 '水蓮'으로 생각하기 쉬운데 오후에 꽃잎을 닫기 때문에 잠잘 睡 자를 써서 '睡蓮'이며 이는 식물의 취면 운동이다.

물레나물

해와 바람과
빗물이 담금질한
잘 벼려진 낫

줄기 끝에 엮여
칠월 바람을 뒤섞는
샛노란 바람개비

중복을 달구던 폭양이
물레바퀴에 칭칭 감겨
卍자체로 눕는다

물레나물

물레나물과 여러해살이풀이다. 높이 50~100cm까지 자라며 원줄기는 네모가 졌다. 끝이 뾰족한 피침 모양의 잎은 마주나고 원줄기를 감싸듯 달린다. 6~8월경 줄기와 가지 끝에 황색 바탕에 붉은빛이 도는 큰 꽃이 한 송이씩 달린다. 개별 꽃은 금세 지지만 꽃차례에서 계속 피고 지므로 관상 가치가 높다. 이름은 5장의 꽃잎 모양이 섬유를 자아 실을 뽑던 물레와 흡사하고 어린순은 나물로 먹을 수 있어 붙여진 것으로 전해진다.

하지夏至

엉겅퀴꽃 위에
긴은점표범나비 앉았다

부적처럼 찰싹 붙어서
온몸으로
시간의 물레를 잣고 있다

길게 눕는 해가
엿가락처럼
시간을 죽죽 늘이는 날이다

엉겅퀴

국화과 여러해살이풀이다. 높이 50~100㎝ 정도까지 곧게 자라며 전체에 흰 털과 거미줄 같은 털이 있다. 뿌리에서 돋는 잎은 타원 모양 또는 피침꼴 타원 모양이며 6~7쌍의 깃 모양으로 갈라진다. 줄기잎은 원줄기를 감싸며 깃 모양으로 갈라진 가장자리가 다시 갈라진다. 6~8월 가지와 원줄기 끝에 자주색 또는 붉은색 꽃이 한 송이씩 하늘을 향해 달린다. 씨앗에는 흰 갓털이 달려 바람을 타고 날아가 번식한다.

유월 하순

뒷산 초입 전나무 숲에서
검은등뻐꾸기가 운다
질세라
근처 백합나무 꼭대기에서
벙어리뻐꾸기가 추임새를 넣는다

때맞춰 화단엔 뻐꾹채가 피었다

뻐꾹채 피자
뻐꾸기가 날아와 우는지
뻐꾸기 울자
이름값 하려 뻐꾹채가 핀 것인지
알 길이 없다

봄이 휩쓸고 간 산자락엔
초록만 낭자할 뿐

뻐꾹채

국화과 여러해살이풀이다. 높이 30~70cm까지 자라며 줄기는 백색 털로 덮이고 잔가지 없이 곧게 뻗는다. 잎은 깃 모양으로 완전히 갈라지며 줄기잎은 위로 올라갈수록 점차 작아진다. 6~8월경 원줄기 끝에서 홍자색 꽃이 한 개씩 하늘을 향해 핀다. 잎과 꽃이 엉겅퀴와 비슷하나 식물체에 가시가 없으며 잎과 줄기에 흰 털이 나 있다. 뻐꾸기가 우는 철에 꽃이 핀다 하여 뻐꾹채라는 이름을 얻은 것으로 보인다.

개구리밥

나는
정주형 삶을 살지 못한다
뼛속 깊이 각인된
방랑의 유전자가
나의 숙명이다

유랑을 천형처럼 껴안고
물 위를 떠도는 삶
바람의 향방에 몸을 맡긴 채
하염없이 떠도는
부평초浮萍草 인생이다

개구리밥

개구리밥과 여러해살이풀이다. 논이나 연못의 물 위에 떠서 사는 부유성 수생 식물이다. 잎처럼 생긴 넓은 거꿀달걀 모양의 식물체는 길이 5~8mm, 너비 4~6mm에 불과하며 둥근 형태다. 이 엽상체 뒷면에 생기는 포 안에서 7~8월경 흰 꽃이 형성된다. 이름은 논에서 개구리가 머리를 내밀 때 이 풀을 더덕더덕 붙인 데서 유래했단다. 유랑하는 삶을 일컫는 '부평초'는 개구리밥의 생약 이름인 '부평(浮萍)'에서 유래한 것으로 보인다.

연꽃

관곡지 논배미에
연잎이 돋았다

공중에 놓인 징검다리 같다

가느다란 원기둥 끝
해 하나 가림직한 원반형 잎 위
구르는 물방울 속에
정오의 태양이 스며 있다

그 곁
꽃줄기 끝에
소쿠리만 한 염화미소
한 장씩 걸려 있다

연꽃

수련과 여러해살이풀이다. 뿌리줄기에서 나온 잎은 잎자루가 길며 지름 40cm 정도의 둥근 방패 모양으로 수면 위로 치솟는다. 잎 표면은 백록색이며 잎맥이 사방으로 퍼지고 물방울이 떨어져도 스미지 않고 구른다. 7~8월 뿌리에서 돋는 긴 꽃대 끝에 커다란 꽃이 한 송이씩 핀다. 꽃잎 한가운데에 열매주머니가 달리며 둥근 방 안에서 타원 모양 열매가 검게 익는다. 대표적인 수생 식물로 수질 정화 능력이 탁월하다.

짝사랑

작물은
주인의 발소리를 들으며 자란다던데
일터 식물들은
내 발소리가 달갑잖은가 보다

저들 이름을 가장 많이 불러주고
가장 많이 쓰다듬는 사람인데
녀석들은 꼭 내가 노는 주말에
나 몰래 꽃을 피운다

그래, 꽃들도
저 좋다는 사람 앞에서는
부끄러움을 타느라
내외하는 거라 생각하자

그리 마음먹고 돌아서는데
범부채가 실눈을 뜨고선
몰래 날 곁눈질하는 게
그제사 보였다

범부채

붓꽃과 여러해살이풀이다. 기다란 선 모양의 잎은 납작하고 두 줄로 부챗살처럼 어긋나게 펼쳐지며 아랫부분이 서로 얼싸안은 모양이다. 7~8월경 원줄기와 가지 끝이 1~2회 갈라진 곳에 황적색 꽃이 피며 바탕에 검붉은 반점이 있다. 이 꽃 모양이 범 가죽 같고 잎이 부챗살처럼 퍼진다 하여 범부채라는 이름을 얻었다고 한다. 꽃과 검고 윤기 도는 열매도 아름다워 관상용으로 화단에 심기에 훌륭한 식물이다

참깨밭을 지나며

며칠 만에 지나는 길가 밭에
참깨꽃 새로 핀 게 보였다
반가워 쪼그리고서 꽃을 쓰다듬는데
근처에서 밭일하던 아주머니가 혀를 끌끌 차며
그게 무에 예뻐 그러냐신다

돌연한 타박에 민망했지만
그래도 이 꽃이 피고 벌 나비가 오가야
우리가 깨소금과 참기름을
얻어먹지 않겠느냐 대꾸하자
더는 말이 건너오지 않는다

실없는 대거리를 하고서
계속 꽃이나 보고 있을 순 없어
내일 아침 또 보자 하고 일어서는데
참깨꽃이 못내 아쉬웠던지 얼굴을 꼬며
바짓단을 붙잡는 거였다

참깨

참깨과 한해살이풀이다. 전국에서 널리 재배하는 대표적인 유료 작물이다. 높이 1m 정도까지
자라며 줄기는 네모지고 전체에 흰색 털이 빼곡하다. 7~8월 줄기 윗부분 잎겨드랑이마다 흰
빛에 가까운 연분홍 꽃이 한 개씩 달려 밑을 향해 핀다. 꽃부리는 통 모양이며 끝이 3개로 갈
라진다. 4실로 이뤄진 원기둥꼴 꼬투리마다 약 80개 정도의 종자, 즉 참깨가 들어 있으며 종
자 빛깔은 흰색, 노란색, 검은색 등이 있다.

꽃불

화르르

외딴 농가
마당귀 한 귀퉁이가
꽃불에 휩싸였다

뉘 손톱을 태우려는지
봉선화 꽃부리와 꽃뿔마다
차곡차곡
쏘시개가 쟁여지고 있다

봉선화

봉선화과 한해살이풀이다. 높이 60cm가량 곧게 자라며 줄기는 육질이고 마디가 도드라진다.
7~8월 잎겨드랑이에서 하나 또는 여러 개의 흰색, 홍색, 자색의 꽃이 핀다. 넓은 꽃잎이 좌우
로 퍼지고 뒤편에 통 모양의 꽃뿔이 밑으로 굽은 모양으로 달린다. 열매가 익으면 용수철처럼
터져 황갈색 종자를 퍼뜨린다. 꽃과 잎은 손톱을 물들이거나 염료용으로 이용해 왔다. 이름은
'봉황을 닮은 신선의 꽃'이라는 의미로 붙었다고 전해진다.

꽃이 부르는 기억

바닥에 떨어진 밥풀도
주워먹던 때가 있었습니다
허기가 아가리를 쩍쩍 벌리던
시절 이야기입니다

더는 흘린 밥알을
주워먹지 않게 되었지만
그 시절 굳은 기억이 어느 때는
무심코 손을 뻗게 만듭니다

번연히 알면서도
꽃며느리밥풀만 보면
붉은 꽃잎에 얹힌 흰 꽃술에
자꾸 손이 갑니다

꽃며느리밥풀

현삼과 한해살이풀이다. 숲 가장자리에서 살며 높이 30~50cm 정도로 자란다. 7~8월 줄기와 가지 끝에 이삭꽃차례가 형성되고 홍색 꽃이 다닥다닥 달린다. 꽃싼잎은 녹색이며 중앙부의 잎과 같은 형태로 작고, 대가 있으며 끝이 뾰족하고 가장자리에 가시 같은 돌기가 있다. 긴 통 모양으로 생긴 꽃부리는 끝이 입술처럼 두 갈래로 갈라졌으며, 아랫입술 꽃잎 가운데에 마치 밥알처럼 생긴 흰색 무늬가 두 개 있다.

배롱나무

전기세를
단 한 푼도 들이지 않고
백 일 동안이나
꽃등을 밝혀둘 수 있다니

저 붉은 燈 아래서
나도
사랑하는 여자와
찰싹 들러붙어
석 달 열흘만
피어 있고 싶다

배롱나무

부처꽃과 잎지는넓은잎중간키나무다. 적갈색 줄기가 비늘처럼 껍질이 벗겨져 매끄러우며 잔
가지가 많이 갈라진다. 잎은 두 장씩 어긋나게 달리며 표면에 윤이 난다. 7~9월 가지 끝 원추
꽃차례에 뽀글뽀글한 모양의 자잘한 꽃이 다닥다닥 핀다. 꽃빛은 붉거나 홍자색이며 흰색 꽃
이 피기도 한다. '목백일홍'이라고도 불리며 나무껍질을 긁으면 간지럼을 탄다 하여 일부 지역
에서는 '간지럼나무'로 부르기도 한다.

솔체꽃

한여름
정오의 이마에 걸린
하늘 한 폭 떠다가
한나절 푹 조리면 남을
마지막 빛깔이 저 같으려나

투명하다 못해
시퍼런 서슬에 휘감겨
바라보는 시선마저
싹뚝 베어버릴 듯
서늘한 솔체꽃 얼굴

솔체꽃

산토끼꽃과 두해살이풀이다. 중북부 지방의 산기슭 양지바른 곳에 자라는 풀로 줄기는 곧고
무릎 높이 정도까지 자라며 가지가 마주나기로 갈라진다. 줄기잎은 깃 모양으로 깊게 갈라지
고 끝이 뾰족하며 가장자리에 큰 톱니가 있다. 7~9월경 가지와 줄기 끝 머리모양꽃차례에 하
늘색 꽃이 다닥다닥 핀다. 유사종으로 잎이 갈라지지 않는 체꽃, 잎에 털이 없는 민둥체꽃 등
이 있다. 꽃빛이 아름다워 조경 식물로 훌륭하다.

털별꽃아재비

골목 초입에서
이 아침에도 너를 만난다
보도블록 틈바구니에 펼쳐진 네 가계는
여전히 신산하구나
간밤 비에 젖어
신경통을 앓았을 길바닥에
또
체온을 나눠준 게로구나

화분花粉이 번진
작은 얼굴을 늘이고
오늘은
뉘를 기다릴 참이냐

털별꽃아재비

국화과 한해살이풀이다. 열대 아메리카 원산의 귀화 식물로 1970년대에 유입되어 급속히 번져 어디서나 흔하게 볼 수 있으며 쓰레기터 잡초 식물 군락의 표징종이다. 높이 10~50㎝ 정도 자라며 식물체에 거친 털이 나 있다. 7월부터 9월 사이 피는 꽃은 줄기와 가지 끝에 머리모양꽃차례로 달리며 크기가 작다. 흰색 혀꽃은 5장으로 끝이 세 갈래로 갈라지고 안쪽에 다섯 갈래로 갈라진 노란색 대롱꽃이 달린다.

한살이

한해살이풀에게는
한 해가 일생이다

사람이 오십 년을 사나 백 년을 사나
한평생이듯 저들도
꽃대를 밀어올리다 뽑혀나가든
종자를 퍼뜨리고 사그라지든
한평생 한세상을 사는 것이다

이 청명한 가을날
진청색 꽃빛을 뿜내던
닭의장풀 꽃대가 꺾였다

모든 한살이는
생몰生沒의 궤도 위를 달리는
여객 열차와 같다

길건 짧건
제 사는 만큼의 경유지와 간이역을 거쳐
노을에 닿는

닭의장풀

닭의장풀과 한해살이풀이다. 밭이나 길가, 습지, 민가 주변 등에서 잘 자라는 풀로 사람 주변
을 따라 다니는 대표적인 터주 식물 중 하나로 꼽힌다. 높이 15~50㎝ 가량 자라며 가지가 갈
라지고 윗부분은 비스듬히 뻗는다. 7~8월 잎겨드랑이에서 나온 꽃대 끝에 싸인 받침잎에서
청색, 하늘색, 흰색 꽃이 피며 오후엔 꽃잎을 닫는다. 이름은 '닭장 주변에서 잘 자라는 풀'이라
는 의미에서 붙여진 것으로 전해진다.

4부

새날

밤이 마르기에는
아직 이른 시간이다

나뭇잎에 매달린 물방울이
밤새 내린 비를 증언하지만
비는 손님처럼 잠깐 다녀간 듯
발자국이 다 말랐다

새로 돋아난 하루가
회화나무꽃 아랫입술에 걸린
물방울 입자를 열고서
새초롬히 걸어 나온다

회화나무

콩과 잎지는넓은잎큰키나무다. 아까시나무의 것과 생김이 비슷한 잎은 홀수 깃모양겹잎이며 작은잎이 7~17개씩 달린다. 여름에 가지 끝 원뿔모양꽃차례에 황백색 꽃이 다닥다닥 달린다. 열매는 가을에 익고 염주처럼 아래로 달린다. 최고의 길상목으로 여겼다는 회화나무는 출세수, 양반수, 학자수 등으로도 불렸단다. 궁궐과 사찰에 회화나무가 유독 많은 건 槐花로 불리는 이 나무가 잡귀를 물리친다는 속설 때문이라고 한다.

물옥잠

관곡지 근처 들길을 걷는데
길 아래 농수로에
언뜻 파란빛이 비치더군
자력에 이끌리듯
그곳으로 내려갔지
놀랍게도 거기
수많은 등불이 켜 있더군
좁은 물고랑 가득
우주가 들어차 있더란 말이지
파란 눈들이
불시착한 외계인을 보듯
호기심 가득한 표정으로
나를 바라보는 게야
하마터면
그 눈빛에 녹을 뻔했지 뭐야
누구라도 그 눈빛을 보면
헤어날 수 없을 걸

물옥잠

물옥잠과 한해살이풀이다. 논이나 얕은 물속에서 사는 풀로 높이 30cm 정도까지 자라며 줄기 단면은 비어 있다. 뿌리에서 난 잎은 잎자루가 길며 전체적으로 심장 모양이고 광택이 난다. 8~9월 잎보다 높게 솟은 원줄기 끝에 형성되는 원뿔모양꽃차례에 6장의 꽃잎이 수평으로 펴진 아름다운 남보라색 꽃이 핀다. 이름은 잎이 옥잠화를 닮은 데다 물에 살기 때문에 붙여진 것으로 보인다.

물매화

강원도 정선
외딴 골짜기에
물매화가 피었다

물가 바위틈에서
올망졸망 얼굴을 맞댄 채
저무는 물그림자에
낯빛을 고치고 있다

조막만 한 잎 사이로 뻗은
얇은 줄기 끝에
사뿐히 걸터앉은 흰 꽃들

가을바람에 주파수를 맞추고
하늘과 교신 중이다

물매화

범위귀과 여러해살이풀이다. 산의 양지바른 습지나 계곡 물가에 사는 풀로 키는 한 뼘 정도에 불과하다. 꽃줄기 아랫부분에 달리는 잎은 잎자루가 없고 꽃줄기를 감싸듯 붙는다. 8~9월 꽃대 끝에 한 송이 흰 꽃이 하늘을 향해 피는데 그 모습이 무척 청초하다. 식물체에 비해 꽃이 크며 암술 가장자리가 붉어 흡사 여인의 입술을 보는 듯하다. 매화를 닮은 데다 물가에 주로 사는 데서 이름 붙은 것으로 보인다.

층꽃나무

산중
절간에만
탑이 있는 게 아니더라

장자도 갯바위에서
무심히 서해를 바라보는
탑도 있더라

번듯한 석탑은 아니어도
층층이 남보랏빛 꽃을 매단
꽃탑들이
해지는 바다를 굽어보며
하염없이
바닷바람을 거르고 있더라

층꽃나무

마편초과 잎지는넓은잎작은키나무다. 볕이 잘 드는 바위 틈바구니 등에서 살며 키가 아주 작은 데다 지상부 윗부분은 겨울에 말라죽어 풀로 보기 쉽다. 30~60cm가량 자라며 가지에 털이 빼곡히 난다. 8~10월 잎겨드랑이에 남보라색 꽃이 공 모양 띠를 이루듯 달리며 마디마다 층을 이루어 핀다. 꽃부리 겉에도 털이 있고 아랫부분 낱조각은 실처럼 갈라진다. 꽃이 층을 이루며 피는 나무라 하여 이름 붙은 것으로 보인다.

각시취

시월 하순
잰걸음으로 능선을 넘는
볕의 꼬리를
물가 자갈밭에 내려앉은 그늘이
야곰야곰
뜯어먹고 있다

그 그늘 속에서
첫날밤을 맞는 새색시처럼
각시취 수줍은 꽃봉오리가
옷고름을 잘근잘근 씹고 있다

각시취

국화과 두해살이풀이다. 주로 강원도의 산자락 아래쪽에서 보이는 풀이다. 높이 150cm까지
자라기도 하는데 윗부분에서 가지가 갈라지며 홍갈색 줄기엔 세로로 줄이 나 있다. 8~10월경
원줄기와 가지 끝에 자줏빛이 도는 둥근 꽃이 여러 개씩 편평꽃차례로 달린다. 종자는 자줏빛
이 돌고 갓털이 붙어 바람에 날아가 번식한다. 이름은 꽃이 각시처럼 작고 아름다운 데다 나물
로 먹는다 해서 붙은 것으로 전해진다.

용담

가을 깊은
고원 등성이에서는
곧잘 길을 잃는다

곳곳에 매설된
빛의 인계철선에 걸려
길의 발목이 잘리기 때문이다

쓰디쓴 뿌리에서
빚어올린 빛의 정수
청보랏빛 얼굴에 한 번 홀리면
길 찾기는 고사하고
영영
눈이 멀 수도 있다

용담

용담과 여러해살이풀이다. 전국에 분포하며 높이 60㎝까지 자라고 줄기에 4개의 가는 줄이 있다. 마주나기로 달리는 잎은 잎자루가 없고 길쭉하며 긴 잎맥 3개가 나란히 나 있다. 8~10월 경 줄기와 잎겨드랑이에 종 모양의 자주색 꽃이 핀다. 통꽃이지만 꽃부리 끝이 다섯 갈래로 갈라지고 그 사이에 작은 돌기가 있다. 초룡담, 과남풀 등으로 불리기도 한다. 뿌리가 용(龍)의 쓸 개(膽)처럼 쓰다 하여 붙여진 이름이란다.

석산

버리고 버린 뒤에야
꽃을 피우는
사랑도 있더라

석산

수선화과 여러해살이풀이다. 9~10월경 비늘줄기에서 꽃대가 나와 30~50cm가량 곧게 자라며 붉은 꽃이 우산 모양으로 달린다. 꽃이 진 뒤 돋는 잎은 선 모양으로 짙은 녹색에 광택이 나며 봄에 사그라진다. 방부 효과가 있는 비늘줄기 즙을 물감에 풀어 탱화를 그리거나 단청을 칠하면 쉬 변색되지 않아 사찰 주변에 많이 심는다고 한다. 이름은 돌(石) 틈에서 나오는 마늘(蒜) 모양의 뿌리라는 뜻을 담고 있다고 알려졌다

산국

지구에 존재하는 모래알보다
천공에 떠도는 별의 수효가
더 많다던가
그중 단 하나도 들여다볼 수 없는
그 캄캄한 무량수를 들먹이느니
지금 내 망막에 빛무리를 앉히는
꽃이나 헤집겠다

시월 산비탈마다
황금빛 성채를 쌓은
산국
저 무량한 빛의 아우라에
휘감기고 말겠다

산국

국화과 여러해살이풀이다. 전국의 양지바른 산과 들에 자생하는 풀이다. 높이 1~1.5m 정도 자라며 가지가 많이 갈라지고 전체에 짧은 흰 털이 많다. 잎은 깃 모양으로 갈라지고 표면과 뒷면에 털이 있다. 9~10월 가지와 원줄기 끝에 지름 1.5cm가량의 노란 꽃이 우산모양꽃차례에 여러 송이씩 피며 꽃에서 향기가 난다. 산국과 감국을 곧잘 혼동하는데 감국은 꽃이 산국보다 1.5배 정도 크며 고른꽃차례로 달린다.

시월

덕산기 계곡
직벽마다
구절초가 피었다

가파른 바위에
내걸린 흰 꽃들의
부조浮彫

다홍의 꼬리를 끊고
서둘러 봉우리를 넘는
볕의 이마가
붉다

구절초

국화과 여러해살이풀이다. 전국의 산과 들에서 흔히 만날 수 있는 풀로 높이 50cm 정도 곧게
자라며 가지가 갈라진다. 9~11월 줄기와 가지 끝에서 흰색 또는 연한 붉은색 꽃이 한 송이씩
핀다. 안쪽의 대롱꽃은 꽃부리가 노란색을 띠어 가장자리의 흰 혀꽃과 조화를 이룬다. 이름은
아홉 마디까지 자랐을 때 약효가 좋다 하여 '九折草', 음력 9월 9일 중양절에 채취하여 약으로
썼다 하여 '九節草'에서 유래했다는 설이 있다.

모과나무의 항변

외모가 그렇게나 중요한가
울퉁불퉁
좀 못생기면 못생긴 대로
너그럽게 봐줄 수는 없겠나

여느 과일처럼 먹지는 못하지만
내 안에 품은 달콤한 향으로
사람들 후각을 단박에 사로잡는
매력이라도 있잖은가

분홍색 꽃, 얼룩무늬 껍질로
계절마다 색다른 모습을 연출하고
허공에 내걸린 샛노란 열매로
가을의 채도를 높이는 재주도 있다네

툭툭 불거진 외모 때문에
과일전 망신은 다 시킨다지만
차로, 약으로 단단히 한몫하는
나도 명색은 과일이라네

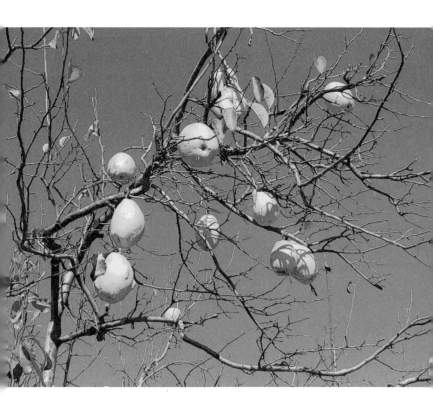

모과나무

장미과 잎지는넓은잎큰키나무다. 높이 10m까지 자라며 나무껍질은 얼룩무늬가 있고 비늘 모양으로 벗겨진다. 잎은 어긋나고 타원꼴 달걀 모양 또는 긴 타원 모양이다. 4월 말경 가지 끝에 분홍색 꽃이 한 개씩 달린다. 9~10월 노랗게 익는 열매는 타원 모양이며 지름 8~15cm가량이고 향기가 좋으나 과육은 시며 굳다. 이름은 노란 열매가 참외처럼 보인다 하여 나무 木 자에 오이 瓜 자가 붙은 것으로 알려졌다

밤나무

늦봄 산행 길에
끈적끈적 들러붙던
밤꽃 내음이
어느덧 한 生을 키웠구나

가을 중천에 걸린 밤송이
열린 틈새를 비집고
새 생명들이 저마다 뛰쳐나갈
시간을 재고 있다

밤나무

참나무과 잎지는넓은잎큰키나무다. 어느 산에서나 흔하게 볼 수 있는 나무로 높이 15m가량 자란다. 긴 타원 모양 또는 타원꼴 피침 모양의 잎에는 가운데맥에서 양쪽으로 보통 17~25쌍 의 옆맥이 비스듬히 평행을 이루듯 뻗는다. 암수한그루로 6월경 유백색 꽃이 피며 독특한 향 이 난다. 가을에 밤송이가 벌어지면 그 속에 1~3개의 밤이 들어 있다. 밤나무는 아까시나무와 함께 쌍벽을 이루는 밀원 식물이기도 하다.

화살나무

노랑배허리노린재 약충이
그새 성충으로 탈바꿈하였다
잎 밑에 달렸던 알이 깨어나
몇 차례 몸을 바꾸는 동안
화살나무는 줄곧
건실한 보모였다

성장盛裝을 한 노린재들은 이내
자신의 영역을 구축하였고
그들의 발길에 다져진 가지에서는
팽팽하게 당겨진 화살 깃이
하늘을 향해 시위를 당기고 있다

줄기와 가지 사이마다
금사로 덧씌워 노을 지는 잎들과
주홍으로 익어가는 열매 위로
가을이 은밀하게
잠입하고 있다

화살나무

노박덩굴과 잎지는넓은잎작은키나무다. 높이 3m가량 자라며 줄기와 가지에 2~4줄로 붙는
코르크질의 날개가 특징이다. 잎은 마주나며 타원 모양 또는 거꿀달걀 모양이다. 5월에 잎겨
드랑이에서 작은 황록색 꽃이 피며 4개의 꽃잎과 수술이 달린다. 열매는 붉은색이며 10월경
성숙하여 겨울에도 달려 있다. 가을에 붉게 물드는 잎과 주홍색으로 돋보이는 작은 열매도 아
름다워 조경수, 울타리수로 많이 심는다

잣나무

잣송이 하나에
이백 알 남짓의 잣이 들었다고 한다
그 작은 알갱이들이
단단한 격벽 안에 들어앉아
울창한 수림을 꿈꾸며
제 속을 채웠을 것이다

이태 동안 그걸 바라보던
청서靑鼠의 눈망울이 반짝거렸다
나무와 나무를 훌쩍 건너뛰어
기다림의 견인줄을 끊어내자
잣송이 하나가 툭 떨어졌다

땅에 뒹굴던 꿈들이
청서란 놈의 아가리에
차곡차곡 쟁여지고 있었다

잣나무

소나무과 늘푸른바늘잎큰키나무다. 표고가 높은 산이나 계곡부에 자생하며 높이 30m까지 곧게 자란다. 나무껍질은 암갈색이며 껍질에서 불규칙한 조각이 떨어진다. 바늘잎은 5개씩 모여나고 3개의 능선이 있다. 암수한그루로 5월에 꽃이 피며 수꽃은 타원 모양이고 새 가지 밑에 달린다. 새 가지 끝에 달리는 암꽃은 타원 모양이고 연한 홍자색을 띤다. 열매는 두 해째 가을에 익으며 그 안에 든 잣은 다양하게 식용한다.

단풍나무

물든다는 건
하나의 빛깔이 다른 빛깔에
스며드는 것이다

다양한 색의 입자들이
교반과 혼합의 과정을 거쳐
어우러지는 것이다

비빔밥처럼 뒤섞여
서로가 서로에게
녹아드는 것이다

스며들고 어우러지고
녹아드는 동안
모가 깎인 색의 입자들이
붉게, 노랗게 치러내는 한바탕 제의로
비로소 단풍의 전설은 완성된다

단풍나무

단풍나무과 잎지는넓은잎큰키나무다. 중부 이남에 분포하며 높이 15m까지 자라고 나무껍질은 적갈색이다. 잎은 5~7(9) 갈래로 갈라지며 잎자루에 약간의 털이 있다. 암수한그루로 5월에 꽃이 핀다. 프로펠러처럼 생긴 열매는 10월 중하순에 익어 바람에 날려 번식한다. 가을이면 전국의 산을 온통 붉게 물들이는 대표적인 나무다. 유사종인 당단풍나무는 전국적으로 분포하며 잎 갈래가 9~11개로 더 많이 갈라져 있다.

감나무

십일월
공활한 하늘에
붉은 점들이
부유하고 있다

허공에 찍힌
가을의 종결 부호를
까치 두 마리가
연신 오가며
부리로 쓱싹 지우고
있다

감나무

감나무과 잎지는넓은잎큰키나무다. 흑회색을 띠는 나무껍질은 코르크화되어 잘게 갈라진다. 어긋나기로 달리는 잎은 두껍고 약간 윤채가 나며 타원꼴 달걀 모양 또는 거꿀달걀 모양이고 가장자리가 밋밋하다. 5-6월 잎겨드랑이에서 황백색의 꽃이 달린다. 꽃잎은 4개로 갈라지며 꽃부리 표면에 잔털이 빼곡하다. 열매는 달걀꼴 원 모양 또는 납작한 공 모양 물열매로 10월 에 붉게 익으며 맛이 아주 달다.

호암지의 가을

시월 중순에 이르자
호암지 수면에도
가을이 발을 담그기 시작했다

호수의 이마에 걸터앉은 진청색 하늘과
거기 걸린 구름 조각 위에
홍갈색으로 물드는 상수리나무 가지가
슬며시 어깨를 걸치곤 했다

물결을 스치고 온 바람은
관절염 앓는 소리를 흘리며
억새의 잎겨드랑이에 스며들고
쇠락한 나뭇잎들은
우체부의 행낭 속 관제엽서처럼
꼬리를 말고 있다

호수는
노을에 드는 가을을 품고
새 계절의 눈을 굽고 있다

상수리나무

참나무과 잎지는넓은잎큰키나무다. 전국에 분포하며 높이 20~25m, 지름 1m에 달하고 큰 수형을 이룬다. 긴 타원 모양 잎에는 12~16쌍의 옆맥이 있으며 표면에 윤채가 있다. 밤나무 잎과 비슷하지만 톱니 끝에 엽록체가 없어 희게 보인다. 암수한그루로 5월에 꽃이 핀다. 열매는 이 듬해 10월에 익으며 견과는 둥글고 다갈색이다. 이름은 이 나무 도토리로 묵을 쒀 임금님 수라상에 바쳤다 하여 붙은 것으로 전해진다

담쟁이덩굴

한 시절엔
울울창창한 수림이었다
거침없는 진격으로 외벽을 점령하고선
순도 높은 초록을 풀어
영토를 완성했었다

그러나 세월의 흐름 앞에
조락은
피할 수 없는 숙명이다

초겨울
녹음을 잃은 담벼락엔
툭툭 불거진 핏줄로 가닥가닥 얽은
세한도 한 폭
내걸렸다

담쟁이덩굴

포도과 잎지는넓은잎 덩굴 식물이다. 잎과 마주나는 덩굴손 끝부분에 빨판이 있어 물체에 달라붙으며 줄기를 뻗는다. 큼지막한 잎은 끝이 세 갈래로 갈라진다. 5월 말경 잎겨드랑이나 짧은 가지 끝에 달리는 취산꽃차례에 자잘한 황록색 꽃이 다닥다닥 핀다. 가을에 벽면을 붉게 물들이는 단풍이 아름답고 심미적 안정감을 주며 복사열을 낮춰주는 효과도 있다고 한다. 이름은 덩굴이 담을 기어오른다 하여 붙은 것으로 알려졌다.

메타세쿼이아

위용으로 치자면
첫손에 꼽힐 나무다
튼실한 허벅지와
원뿔 모양으로 솟은 우듬지
한 그루 한 그루가
그대로 마천루다

도로 양편에
대오를 갖춰 도열한
굳센 병정들의
기세가 웅대하다

그 덩치를 떠받치는 작은 바늘잎들이
가을바람을 훑고 거르며
저들끼리 속살거리다가
허공에 금비늘을 흩어놓는다

메타세쿼이아

낙우송과 잎지는바늘잎큰키나무다. 높이 35m까지 곧게 자라며 나무껍질은 갈색을 띤다. 선 모양 잎은 깃 모양으로 배열되고 끝이 갑자기 뾰족해진다. 바늘잎나무로는 드물게 가을에 잎 을 떨군다. 암수한그루로 2~3월경 꽃이 피며 암꽃은 공 모양이고 수꽃은 달걀꼴이다. 10~11월 경 익는 공 모양 열매 속에 날개 달린 타원 모양 종자가 들어 있다. 수형이 곧은 데다 쭉쭉 뻗 은 위용이 대단하고 시원한 느낌을 주는 나무다.

적멸寂滅

겨울비
가 오신다
사무실 창틀에 액자처럼 들어앉은
가섭산 고개 넘고
한벌리 암회색 능선을 지나
싸묵싸묵 오신다
오셔서
건물 앞 화단 반송盤松
여윈 손마디를 핥고선
풀숲으로 투신하신다

마침내 대지의 품안에서
열반에 드신다

반송

소나무과 늘푸른바늘잎중간키나무다. 나무 높이가 2~5m 정도로 키가 작고 줄기 아랫부분에서 많은 가지가 갈라져 우산 모양으로 자라는 게 특징이다. 잎은 소나무와 마찬가지로 2개가 모여난다. 암수한그루로 암꽃은 새 가지 끝에 돌려나고 수꽃은 새 가지 아래쪽에 달린다. 나무 껍질과 솔방울과 종자는 소나무의 것과 비슷하다. 크기가 크지 않고 수형이 아름다워 주로 정원이나 공원 화단에 관상수로 많이 심는다.

자작나무

삭풍에 펄럭이는
찢긴 문풍지 같은

바지랑대에 내걸려 나풀거리는
옥양목 속치마 같은

설원을 지키는
신장神將 같은

조장 뒤 잘 추려진
흰 뼈들 같은

자작나무

자작나무과 잎지는넓은잎큰키나무다. 추운 지방에서 잘 사는 나무로 높이 25m까지 자라고 나무껍질은 흰색을 띠며 종이처럼 얇게 옆으로 벗겨진다. 잎은 삼각꼴 달걀 모양이며 가장자리에 둔한 톱니가 있다. 암수한그루로 4~5월 꽃이 피며 수꽃차례는 짙은 적황색이고 암꽃차례는 아래로 처진다. 팔만대장경 중 일부는 자작나무로 만들었다고 알려졌다. 기름기가 많은 껍질이 자작자작 소리 내며 탄다 하여 얻은 이름이라고 한다.

낙화落花

비움은
소멸이 아니라
새로운 탄생을 위한
도정이다

생은
버리고 나서야
비로소 완성되는
결구다

길과 식물,
평생의 벗이자 스승에게 바치는 헌사

1

내가 식물에 관심을 기울이기 시작한 건 서른 즈음부터였다. 그 무렵 나는 헛바람이 들어 다니던 직장을 그만두고 무리하게 사업을 벌였다가 쓰라린 실패를 겪고 나락으로 추락한 상태였다. 한창 사회생활에 재미를 붙일 나이에 재기 불능 상태에 빠져 삶의 의욕을 모두 잃었고, 서울로 올라온 뒤 한동안 절망의 터널에 갇혀 지냈다.

그때 문득 길이라도 걸어야겠다는 생각이 들었다. 외곽으로 향하는 시내버스를 타고 종점까지 가서 발이 이끄는 대로 허청허청 걸었다. 절망 속에서 허우적거리던 그때 한순간 작은 풀꽃이 눈에 들어왔다. 그 연약한 생명체가 열악한 환경에서도 묵묵히 자신의 삶을 이어가는 모습에서 작은 희망의 불씨를 보았고 거기에서 큰 위로를 받았다.

이후 틈만 나면 길을 걷고 풀과 나무를 들여다보면서 나는 조금씩 삶의 의미를 되찾았다. 길과 식물과의 만남은 그렇게 시작되었고 절망에 빠진 나를 이끌어 다시 세상에 섞이게 해 주었다. 홀로 철저하게 고립되어 있던 나는 암흑의 터널에서 걸어 나와 다시 사람을 만나고 직장생활을 시작하였고 그렇게 갈구하던 일상의 평화를 찾았다.

2

그리고 길에서는 생각이 쑥쑥 자랐다. 우북이 돋는 생각 속에서 삶을 곱씹으며 지난날을 반성하고 참담게 사는 방법에 대해 살피게 되었다. 한동안 잊었던 독서욕마저 일어 다양한 인문 서적을 구해 출퇴근길이나 자투리 시간에 미친 듯이 읽었고 시도 때도 없이 되지도 않는 잡문을 끼적거렸다. 가당찮게도 글을 쓰고 싶은 욕구가 샘솟았다.

나를 절망에서 건져주고 삶을 되찾아준 길과 식물은 그렇게 내 스승이 되었다. 내게 관조와 사유를 가르쳐 시의 세계로 드는 길을 비춰주었다. 이 훌륭한 스승 덕에 나는 2008년 우연히 문단에 발을 디밀었고 지금까지 활동을 이어오고 있다. 그동안 시집 두 권과 산문집 한 권을 출간

했고, 이제 세 번째 시집을 상재하게 됐으니 시인으로서
는 분에 넘치는 이력을 쌓은 셈이다.

나의 이번 시집은 내 인생의 암흑기에 희망의 빛을 비춰
준 존재에게 깊은 감사와 사랑의 마음을 담아 바치는 헌
사다. 수록된 여든한 편의 작품에는 내 평생의 벗인 식물
에 대한 우정 어린 감사와, 삼십수 년간 짝사랑해온 대상
에 대한 애틋한 그리움, 내게 진정한 삶의 의미와 시에 이
르는 길을 깨우쳐준 스승에 대한 내 곡진한 마음을 담았
다.

3

식물과의 인연을 삼십수 년이나 이어왔지만, 곳곳의 산
과 들에서 만나는 풀과 나무의 얼굴을 익히고 이름을 알
아가는 과정은 여전히 설레고 행복하다. 지금도 휴일에
식물 탐사를 하러 나설 때마다 오늘은 또 어떤 식물을 만
나게 될까 싶어 가슴이 두근거린다. 삼십수 년을 만나고
도 이런 감정이 한결같이 유지되는 존재가 세상에 또 어
디 있으랴?

이처럼 긴 세월 내가 깊이 연모해온 식물은 내게 훌륭
한 직업까지 안겨주었다. 나는 팔 년여 전부터 충북 음성
에 자리 잡은 국가 기관에서 식물해설사로 일하며 조금씩

늙어가는 중이다. 오랜 세월 좋아해 마지않던 일이 직업으로까지 이어졌으니 나는 정말 억세게 운이 좋은 사람이다. 이 모든 게 오롯이 길과 식물의 은공이라 해도 무방할 것이다.

내게는 초등학생인 손자와 손녀가 있다. 서로 사는 곳이 멀어 자주 만나지는 못하지만, 만날 때마다 우리의 대화는 거의 식물과 자연 이야기로 모인다. 나는 녀석들과 함께 풀과 나무, 곤충을 관찰하고 거기 얽힌 이야기를 나누는 게 무척 즐겁다. 내가 그랬듯 손자 손녀 또한 훗날 장성해서도 식물과 자연을 통해 늘 기쁨과 위안을 얻기를 진심으로 바란다.

식물시집

꽃이 부르는 기억

1판 1쇄 발행	2021년 6월 15일
지은이	정충화
발행인	윤미소
발행처	(주)달아실출판사
책임편집	박제영
디자인	전형근
마케팅	배상휘
법률자문	김용진
주소	강원도 춘천시 춘천로 17번길 37, 1층
전화	033-241-7661
팩스	033-241-7662
이메일	dalasilmoongo@naver.com
출판등록	2016년 12월 30일 제494호